JEAN CHABROL,

CULTIVATEUR,

AUX PAYSANS

DU LOT.

CAHORS:

Mme Ve RICHARD, Imprimeur-Libraire.

1849.

JEAN CHABROL,

CULTIVATEUR,

AUX PAYSANS

DU LOT.

———————◆————————

Je ne suis point un habile homme, mes chers compatriotes; mais je crois être un homme de bon sens et de vérité.

C'est donc la vérité que je veux vous dire, tout simplement, tout uniment, car je ne sais point faire de belles phrases, et que je ne suis pas fort en politique, pas plus que vous.

Mais je vas vous dire ce qui me décide à vous écrire aujourd'hui : c'est que je reçois, depuis quelque temps un tas de journaux et de papiers dans lesquels on nous fait tant de compliments, à nous, pauvres paysans, que je commence à me méfier, parce que les grandes politesses, à mon avis, veulent dire plutôt *mensonge* que *vérité*.

Ce n'est pas d'abord aux enfants que je m'adresse ; c'est aux vieux qui, comme moi, ont vu changer quatre ou cinq gouvernements.

Chaque fois qu'un de ces gouvernements est tombé, celui qui est venu après n'a pas manqué de s'adresser aux paysans, et de leur promettre, comme on dit, plus de beurre que de pain.

Une fois, deux fois, j'ai dit : « Ça peut bien être ! voilà des amis ! » Mais à la troisième, à la quatrième, quand j'ai vu que toutes ces belles paroles ne me donnaient pas un centime de plus, qu'au contraire les impôts augmentaient, et que les moutons ne s'en vendaient pas mieux, j'ai dit : « Voilà des farceurs qui travaillent pour eux et qui veulent monter sur notre échine pour voir de plus loin ! »

Le vieux JEAN CHABROL n'est pas plus bête qu'un autre, allez !... Il a été soldat dix ans, sous l'Empereur, et il connaît les finesses du caporal d'ordinaire. — Toutes les fois qu'un habit ou une redingote s'en vient se frotter contre une veste, soyez bien sûr que la veste n'a rien à y gagner; si l'habit parle d'*égalité* et la redingote de *fraternité,* ça veut dire qu'il se manigance quelque chose où la veste laissera son dernier bouton; les chiens et les renards ne peuvent pas être *frères* ni *égaux,* souvenez-vous-en; ils ont beau marcher à quatre pattes, les uns comme les autres, et se promener sans parapluie, c'est égal; ils ne sont pas de la même famille!...

Je sais qu'il y a de braves gens partout. — Mais ils sont rares dans ce moment; par exemple, qui c'est-il qui vient vous donner des coups d'encensoir dans le nez et vous dire, à propos de tout et de rien : « Braves paysans par-ci, honnêtes cultivateurs par là? » Qui c'est-il qui vous donne des journaux pour le Peuple; qui vous en remplit les poches; qui les laisse sur la table des cabarets; qui vous les lit le dimanche, et qui y ajoute un tas de paroles à n'y rien comprendre, que c'est à en perdre la tête? C'est-il, par hazard, des amis, des vrais amis de la bonne souche, et anciens?... Ce sont des pas grand chose, si vous voulez que je vous dise le fonds de ma pensée ; car je suis bien sûr que c'est chez vous comme chez nous.

Nous avons dans notre paroisse trois ou quatre grands *mange-tout*, faignans de profession, piliers de cabarets, qui ont plus de mauvais renom que de pièces à leurs culottes, et qui, depuis quelque temps, ont toujours de l'argent dans leur poche et des papiers dans les mains.... Ce sont ces bonnes pratiques qui veulent enrôler le paysan, le faire voter comme ils l'entendent, et qui lui promettent deux récoltes pour une : celle du maître et celle du métayer.

C'est-il des amis, ça? Laisseriez-vous votre coffre ouvert et la clef du garde-pile sur la porte si vous saviez que ces lapins-là se promènent chez vous quand vous êtes au marché ou au labour ?...

« Si vous ne vous fiez pas à leurs mains, ne vous fiez pas à leur langue ! » disait défunte ma mère, qui avait oublié d'être sotte.

Les gens qui payent cette vermine pour nous embêter dans les feux de file, comme on parlait aux tirailleurs de la jeune garde, ces gens-là, ce sont des habits et des redingotes de la ville, des habits et des redingotes rapés qui voudraient se retaper aux dépens de nos vestes et de nos gros sabots.

Qu'est-ce qu'ils nous promettent dans leurs journaux? — De nous faire rendre les 45 centimes, de nous faire donner un *milliard* par les riches, de diminuer les impôts.

Il y a longtemps, mes amis, que nous connaissons l'air de cette chanson !

Défunt mon père, qui vivait du temps de la première République, m'a dit bien souvent que les farceurs de ce temps-là avaient promis aussi que le paysan ne payerait plus d'impôt, et que tout le monde serait riche; or, savez-vous ce qui arriva ?

Dans chaque canton, dans chaque commune, lorsque les riches d'alors, qui étaient les nobles, furent chassés de chez eux ou qu'on leur eut coupé le cou, trois ou quatre particuliers, présidents ou membres du district ou procureurs, se partagèrent les biens, au nez et à la barbe des paysans, qui avaient fait toute la besogne, et il n'y eut rien de changé, sinon que les paysans travaillèrent un peu plus et gagnèrent un

1.

peu moins. Les nouveaux maîtres furent plus durs que les anciens.

Après cela, vint la guerre, et nos enfants furent se faire tuer pour les enfants des nouveaux riches, qui avaient de quoi acheter des remplaçants. Nos bœufs furent employés à charroyer les canons, les caissons et tout le tremblement de la République et de l'Empire. A peine si on avait le temps de faire venir un peu de blé pour manger de quoi se soutenir.

Demandez à vos vieux si ce n'est pas la vérité. D'ailleurs, JEAN CHABROL ne ment jamais.

Je sais bien que les farceurs d'aujourd'hui nous disent : « N'ayez pas peur ! ce ne sera pas cette fois comme les autres ! Mais pas si sot que de m'y laisser prendre. Ces gaillards là ont le ventre trop plat pour n'avoir pas envie de s'engraisser comme leurs devanciers, et je ne veux pas m'arracher les ongles et me brûler les doigts pour tirer les châtaignes grillées du fond du pot, si ce n'est pas moi et les miens qui devons les manger.

Voyez-vous ce qui nous manque, c'est l'instruction.

Je suppose qu'on jette tout par terre, les riches, ceux qui ont des places, toute la boutique, — ce n'est ni vous ni moi qui en profiterons! Ce n'est ni vous ni moi qui serons préfet, percepteur, juge de paix, maire ou directeur de la poste. Nous n'avons pas assez d'écriture ni de calcul pour cela. Ceux qui en profiteront, ce sont les habits et les redingotes dont je vous parlais tout à l'heure, et une fois qu'ils auront le pouvoir, vous verrez ce que vous aurez gagné. Vous aurez changé votre cheval borgne pour un aveugle, comme firent nos vieux à la première révolution !

Souvenez-vous de ce qui s'est passé il y a quinze mois quand la nouvelle République a été faite. — La première nouvelle que nous a donné Ledru-Rollin, le maître d'alors, ça été les 45 centimes et quatre commissaires pour le département; trois à 40 fr., un à 60 fr., c'est-à-dire 180 fr. par jour, et cela dans les quatre-vingt-six départemens, ou à peu près. Paye, paysan !

Il y avait dans le trésor *deux cent cinquante millions* quand Ledru et ses amis en ont pris la

1..

clef. Où ont-ils passé!... Qu'est devenu tout cet argent? Personne ne le sait!... Ce que l'on sait bien, c'est que les ouvriers de Paris, qui sont restés cinq ou six mois à se promener la canne à la main et à crier vive *Ledru*! au nombre de deux cent mille, recevaient, tout ce temps-là, trente sous par jour pour cette besogne, et que ça va vite deux cent mille pièces de trente sous comptant tous les matins *pendant six mois*! N'importe, *paye, paysan*!

Il est vrai que le paysan s'est ravisé.

Un jour, il a entendu dire qu'il y avait quelque part un Napoléon, le neveu du Grand, et ce nom lui a remué le cœur.

Napoléon!... mes enfans, moi qui vous parle, ce nom-là m'a rajeuni de trente cinq ans!...

Et, cependant, j'en ai vu des dures, du temps de l'autre, en Espagne, en Allemagne et en Russie, où je laissé la moitié d'une oreille dans un tas de neige où je m'étais assoupi!

C'est que, voyez-vous, Napoléon est le seul qui ait fait quelque chose pour le paysan! Il prenait ses maréchaux, ses ducs, ses princes, dans les simple soldats, fils de paysans!... et il leur

donnait des châteaux, des terres, des palais dans le pays ennemi !... Il n'avait jamais pensé, celui-là, à partager la propriété en France, parce qu'il savait bien que ça n'était pas possible, et surtout que ça n'était pas honnête !... Un fier poignet que l'Empereur !... Allez !... Mais brave homme, et pas faignant, comme tous ces fricoteurs d'aujourd'hui, qui vous content des couleurs !...

Pour en revenir, nous avons donc nommé son neveu président de la République !...

Ont-ils gueulé alors, ces clampins de Citoyens !...

Brute de paysan !... animal de paysan !... f.... sot de paysan !... Voilà comment ils nous appelaient.

Et du Petit ?... comme ils en parlaient !.., bien ? vous en souvenez-vous ?... « Louis-Napoléon, qu'ils disaient, c'est un imbécille !... c'est un Alsacien !... c'est un royaliste !... »

Et nous, nous répondions : « Soit !... d'accord ! Mais vos gens d'esprit ont fait de si mauvaise besogne, que nous voulons essayer un peu d'autre chose... rien que pour changer !... »

1...

Tous nos représentans s'en sont mêlés. Je ne sais pas qu'elle fricassée ils avaient faite avec Cavaignac, mais il n'y en avait que pour lui. Cavaignac par-ci, Cavaignac par-là !... sans compter Ledru !... Car tous ces gens-là ne s'entendent jamais.

Bref, nous n'avons écouté personne, et m'est avis que nous avons bien fait, car la première chose qu'à faite notre PETIT une fois nommé, c'est de diminuer l'impôt du sel !...

Est-ce que je vous trompe ?... et c'est-il pas vrai ?... Qui donc a pensé aux paysans avant lui.

Si vous écoutez les clampins, ils vous diront que c'est eux qui ont fait la chose du sel... Mais, sacrebleu ! pourquoi ne la faisaient-ils pas avant lui, puisqu'ils nous aiment tant aujourd'hui qu'ils voient que c'est nous qui faisons les présidens de République ?...

JEAN CHABROL est bon enfant, mais il ne veut pas qu'on le prenne pour un mouton falourd !...

Et à présent que le PETIT est là, dites-moi donc un peu s'il est question des 45 centimes,

d'assignats, de banqueroute, comme du temps de Ledru et ses CITOYENS.

Le commerce reprend tout doucement ; les moutons se vendent un peu mieux, mais pas autant que si les FAIGNANS restaient tranquilles une bonne fois.

Mais ça leur est impossible à ces *propres à rien* ! Ils savent bien que si tout allait et marchait rondement, comme dans un pays de braves gens, ils n'y trouveraient pas leur compte. Il faudrait qu'ils travaillent pour manger et boire, comme les autres, et ils ne veulent pas travailler !... Ils ont pris l'habitude de la faignantise depuis plus d'un an que ça dure. Ils trouvent bien plus commode de recevoir des pièces de trente sous de *Ledru* de la ville pour courir les marchés, porter des journaux et dire du mal de LOUIS-NAPOLÉON, notre enfant, que nous avons fait le président des paysans.

Ils pensent nous mettre en colère en nous disant qu'on a donné *six cent mille francs* de trop au neveu de notre Empereur, de celui qui a donné plus de millions à la France que nous n'avons de cheveux sur la tête !

Et ces *six cent mille francs*, est-ce qu'il les garde dans sa poche ?... Vous ne lisez donc pas les papiers publics ; tas de menteurs ? Vous ne savez donc pas que cet argent passe aux malheureux de Paris, où il y a tous les jours plus de *cent mille* personnes qui se couchent sans dîner, après n'avoir pas déjeûné, que c'est à en frémir, — et qu'ils feraient bien mieux, les pauvers diables, de venir travailler chez nous, où ils auraient du pain et des châtaignes. Ils veulent rester dans ce coquin de Paris, c'est leur idée, et ça ne nous regarde pas !... Mais ça regarde le président, qui ne veut pas qu'on meure de faim autour de lui, et qui fait la charité, comme nous la ferions nous-mêmes !...

D'ailleurs, savez-vous ce que ça nous coûte, ces *six cent mille francs* ?... Ça ne nous coûte, pas à chacun un *liard* par an ?... Et si Louis-Napoléon avait trouvé dans son trésor les *deux cent cinquante millions* que *Ledru-Rollin* et les autre citoyens y ont trouvés, il n'aurait pas eu besoin de ces *six cent mille francs*.

Mais c'est une manière de faire de la tromperie ! On sait que le paysan est économe, et qu'il en a besoin. On le prend par son sensible en lui parlant d'argent ; mais le paysan est juste, et il écoute les raisons,

A propos de tout, ça, je vas vous conter une histoire.

On m'a donné il y a un mois, au marché, un papier adressé aux paysans, signé d'un M. Pyat. Est-ce que vous connaissez ce particulier-là, vous autres ?.... Non, assurément !.... Je ne le connaissais pas davantage, moi qui vous parle.

Pour lors, on me dit que c'était un citoyen de Paris.

Sapristi ! qu'en voilà un qui nous en dit de belles!...

A l'entendre, il n'y en a que pour les paysans !... Il n'y a que les paysans de Français !... Tout le reste, c'est de la *sauvagine !...* Le paysan sera riche, le paysan aura la terre, le paysan couchera dans l'or, le paysan mangera des cailles sur des perdrix, le pain sera pour les chiens.

Farceur, que je me dis, je te connaîtrai bientôt, toi qui me prends pour un enfant de cinq ans, facile et de bon appétit.

Là-dessus, j'écris le même soir à mon fils, qui est charron à Paris, un brave enfant, bon ouvrier, point bête, et qu'on appelle là-bas : *Quercy-la-Bonne Conduite,* de son nom de compagnon.

Je lui demande de s'informer de ce que ça peut être que ce M. Pyat. Il me repond, huit jours après, que c'est nu paroissien qui fait des comédies.

Excusez ! que je me dis alors, il paraît bien décidément que c'est une comédie qu'on nous joue.... Je m'en étais toujours douté.

Ha ça mais ! dites donc, les amis ! est-ce que ça ne commence pas à vous ennuyer, vous autres ?... Est-ce que vous ne vous souvenez plus que ces clampins-là nous appelaient de tous les noms au 10 décembre ? Est-ce que vous croyez que l'amitié leur a pris pour nous tout d'un coup comme la colique ?

Petits !... petits !... petits !... qu'ils nous disent, comme notre femme quand elle appelle ses poulets pour en mettre un dans la poêle !...

Va donc !... va donc, faignant, je sors d'en prendre !... Tu ne t'es pas levé encore d'assez bonne heure pour mettre dedans le vieux JEAN CHABROL!...

Ah! c'est parce qu'on va nommer des représentants que vous nous voyez si braves et si gentils! C'est pour ça que notre figure vous va si bien, et que vous nous trouvez plus d'esprit qu'à M. le curé, quand il y a trois mois, sauf votre respect, nous ne valions pas, à vous entendre, notre vieille bourrique!...

Allez! allez!... messieurs et citoyens, vous ne trompez personne! Le paysan a voté pour LOUIS-NAPOLÉON, malgré vous, au 10 décembre; il votera, le 13 mai, pour qui bon lui semblera, sans vous demander votre avis ni votre permission.

N'est-ce pas, mes amis, que ce que je dis c'est la vérité? — il s'agit en ce moment, de nommer *six* députés.

Six!... c'est beaucoup; vous êtes bien embarrassés et moi aussi.

Pour lors, voilà ce que je trouve pour me tirer d'embarras, et je vous le dis, afin que vous en profitiez :

Vous avez bien sans doute, à l'entour de chez vous, quelque brave homme qui ne vous a jamais trompé; un de ces hommes de qui on n'a jamais dit qu'il fût un mauvais sujet; un homme, enfin, qui vous a toujours donné de bons conseils, pour vos petites affaires, et qui ne vous a jamais rien pris pour cela; un homme chez qui vous avez toujours trouvé des secours et des consolations pour vous ou pour vos familles quand vous étiez malades ou chagrins.

Eh bien ! allez trouver celui-là, demandez-lui sa liste, prenez-la les yeux fermés, et votez ensuite tranquillement..... Vous aurez bien voté.

Si les autres CITOYENS, que vous connaissez comme moi, vous donnent une liste, prenez toujours, pour qu'ils vous lâchent, et quand ils auront le dos tourné, mettez-la au feu ; elle n'est bonne qu'à ça.

Enfin, pour être plus clair, prenez la liste de celui à qui vous confieriez votre argent s'il n'était pas en sûreté chez vous, et brûlez ou déchirez celle de l'homme à qui vous ne voudriez pas prêter un picotin de froment.

C'est-il clair ça ?... — et pas trop bête, je m'en vante.

Mais il s'en va tard. — C'est aujourd'hui dimanche, et il faut labourer demain.

Si vous êtes contens, je le suis, aussi, parce qu'il m'est avis que je ne vous ai dit que la pure et simple vérité.

Et là-dessus, je me signe votre dévoné compatriote et ami,

Jean CHABROL,

Cultivateur.

Cahors : Mme veuve RICHARD, Imp.-lib.